The kid books

नन्ही और राजा धूमकेतु

अद्विका दुबे

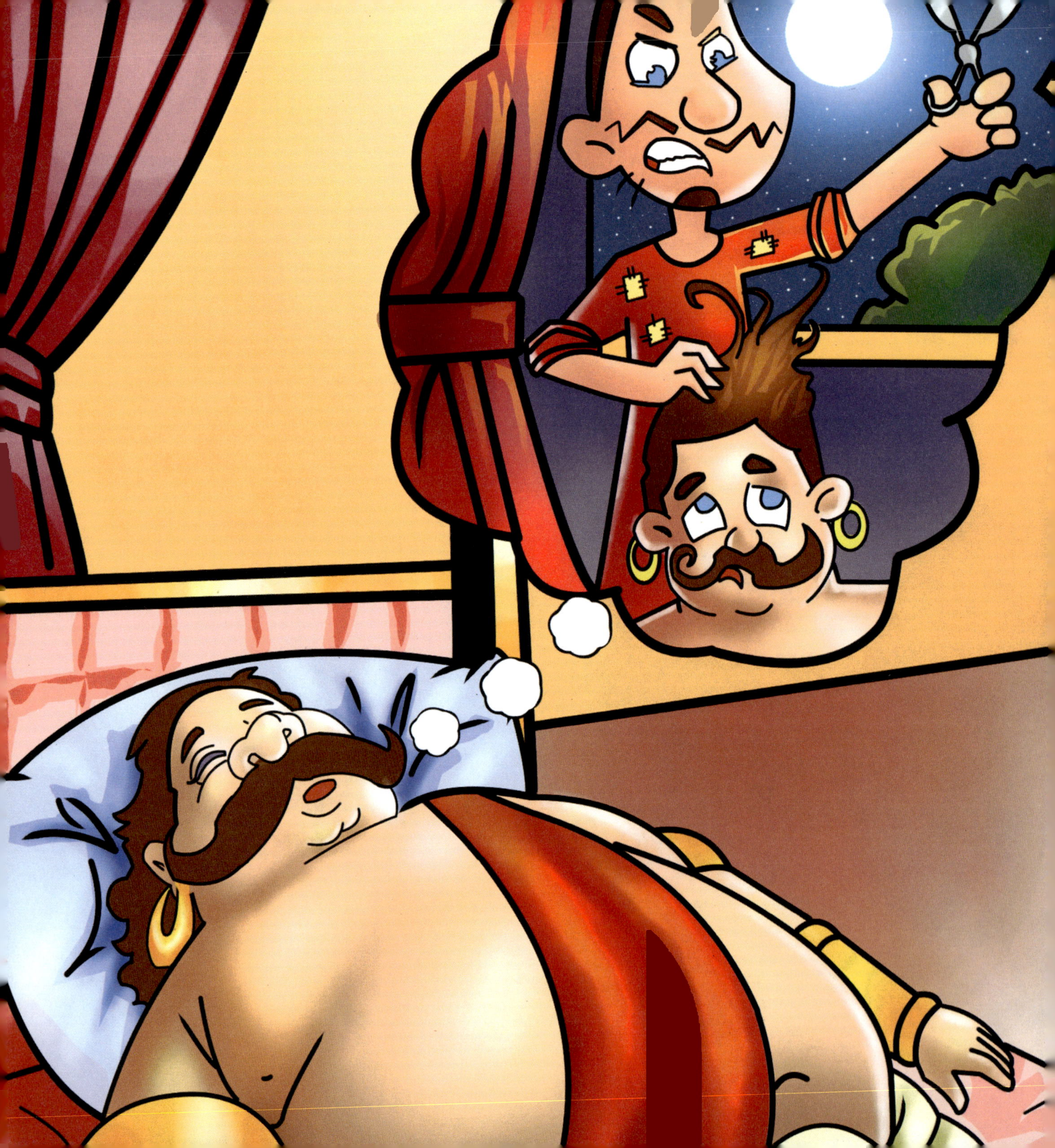

राजा धूमकेतु अपने महल में सो रहे थे।

उन्हें सपना आया कि कोई उनके बाल काट रहा है।

सोए हुए राजा ने अपना बायाँ हाथ सर पर फिराया।

हूश.. हूथ... हुस्स....

पर बाल काटने वाला भागा ही नहीं!

राजा ने नींद में ही बगल में पड़ी गदा को बाएँ हाथ से उठाया और उन्होनें गदा अपने सर के ऊपर से घुमाई।

गदा राजा के सर पे लगी-

टन न न न न
राजा चौंक कर उठ बैठे।
किसने मारा?
किसने मारा मुझे!!
राजा घबरा के चिल्लाये।

सैनिकों...

राजा ने आवाज़ दी- कहाँ छिप गए सब के सब?

सारे सैनिक भागते हुए आए — क्या हुआ?
— क्या हुआ महाराज?

मेरे महल में कौन आया था?

महल में! कोई नहीं महाराज, सैनिकों ने कहा।

ये देखो, मेरे सर पर किसी ने मारा है,

कोई तो आया था!

सैनिकों ने समझाने की कोशिश की — नहीं महाराज!

— कोई भी नहीं आया!!

राजा ने एक सैनिक को बुलाया और पूछा-

तुम इधर आओ। कहाँ थे तुम ?

महाराज, आई वाज़ आउट साइड ओनली, नॉट स्लीपिंग।

राजा ने उसे घूर के देखा-

अंग्रेज़ी में कौन बोला?

चलो, मुर्गा बन जाओ!!

वह सैनिक मुर्गा बन गया।

अरे! मेरे सर में चोट लगी है, कोई तो आया था!
मेरे महल की सुरक्षा बढ़ा दो।

महाराज, पहले से ही पचास सैनिक बाहर तैनात हैं, सैनिक ने दलील दी।

राजा ने कहा- देखो ये खिड़की खुली है।
ऐसा करो, दो सैनिक खिड़की पे बैठा दो।

और वो देखो, वहाँ एक छोटा छेद है दीवार में, कोई चूहा आ सकता है।
दो सैनिक वहाँ बैठा दो ।

सुरक्षा बढ़ा दी गई।

राजा फिर सो गये।

थोड़ी देर बाद राजा को फिर सपना आया-

कोई उनके पैर में गुदगुदी कर रहा है।

राजा ने नींद में पैर झटका-

हुश हुश्श...

पर गुदगुदी अब भी हो रही थी।

राजा ने नींद में ही अपने बगल में पड़ा डंडा उठाया और

अपने पैर पे दे मारा।

राजा चिल्लाये- आ आ आआह, हाय मार डाला!!

सारे सैनिक फिर भागते हुए आए — क्या हुआ ?
— क्या हुआ महाराज ?

राजा चिल्लाये — कौन आया था ?
— कौन आया था ?

एक सैनिक बोला- नोबडी सर, वी वर आउटसाइड ओनली, नॉट स्लीपिंग।

कौन बोला ?

ये अंग्रेज़ी में कौन बोला ? ?

चलो मुर्गा बन जाओ !

वह सैनिक मुर्गा बन गया।

कोई तो आया था। ये देखो, मेरे पैर में चोट है।

कौन आया था?

राजा ने खिड़की में से झाँका, दो सैनिक खिड़की से लटके थे।

दो सैनिक दीवार की छेद के सामने भी बैठे थे।

राजा सोचने लगे, कहाँ से आया होगा-
ऐसा करो, मेरी सुरक्षा में पचास सैनिक और लगा दो।

सुरक्षा बढ़ा दी गई। राजा फिर सो गये।

सारे सैनिक बाहर जाते हुए हँस रहे थे।
देखो खुद को सोते-सोते मार लेते हैं और हमें परेशान करते हैं।
खुसर फुसर खुसर फुसर...

इतने में महल के बाहर एक छोटी-सी लड़की आई। लड़की का नाम नन्ही था।
वह बाहर खड़े सिपाही से बोली- मुझे राजा से मिलना है।

सैनिक : राजा छोटे बच्चों से नहीं मिलते, भागो यहाँ से।

नन्ही : मैं राजा की मदद कर सकती हूँ।

सैनिक : इतने सैनिक राजा की मदद नहीं कर पा रहे हैं, तुम तो छोटी बच्ची हो!

नन्हीं : सोच लो, मैं ही तुम्हें राजा के गुस्से से बचा सकती हूँ।

सैनिक : अरे जाओ बच्चे, हमारा समय बर्बाद ना करो।

राजा फिर सो गये थे।

थोड़ी देर में उन्हें फिर सपना आया।

आ उउउ... मा SS SS S र डाला रे...

राजा फिर चिल्लाये — कौन था? कौन था?

मर गए! सारे सैनिक अन्दर की तरफ़ भागे — क्या हुआ महाराज? क्या हुआ महाराज?

राजा फिर चिल्लाये- कौन आया था? तुम लोग अपना काम बिल्कुल ध्यान से नहीं कर रहे हो। कोई है जो महल में घुस के मुझे परेशान कर रहा है।

सैनिकों ने पूछा- अब क्या हुआ महाराज ?

राजा ने अपना पिछवाड़ा दिखाया। उनका पजामा पीछे से फट गया था।

राजा चिल्लाये- कैसे फटा ये पजामा? कौन आया था यहाँ, बताओ कौन आया था?

वी डिडन्ट सी एनी बडी सर, वी वर आउटसाइड ओनली!

राजा ने उसे घूर के देखा- तुम पहले मुर्गा बनो। अब बताओ, कौन है जो महल में घुस के मुझे परेशान कर रहा है।

(सभी जानते थे कि राजा नींद में खुद को पीट लेते हैं। पर ये राजा से कहकर अपनी जान जोखिम में डाले कौन?)

तभी एक सैनिक बोला- महाराज दरवाज़े पर एक बच्ची है। वह आपकी मदद कर सकती है।

राजा ने आदेश दिया- बुलाओ उसे।

नन्ही महल में आ गई।

राजा ने उसे अपनी सारी समस्या बताई।

नन्ही ने कहा- मुझे सब समझ में आ गया। आप इतने बहादुर हैं कि दूसरों की मदद करने में अपनी जान भी जोखिम में डाल देते हैं। आपको ये चोटें इसीलिए लग रही हैं।

राजा ने पूछा- वो कैसे?

नन्ही ने समझाना शुरू किया- नींद में गाँव वालों को बचाने के लिए आप एक राक्षस से लड़ रहे थे। वह राक्षस पहाड़ जितना बड़ा ज़रूर था, पर आप जितना शक्तिशाली नहीं। आपने उसके पेट पर वार किया। उसने एक पहाड़ उठा के आप पर फेंका।

आप तुरंत कूदकर दूसरी तरफ हो गए।

पर पहाड़ बहुत बड़ा था। उसका एक कोना आपके सर से टकरा गया।

पर उसी क्षण आपने बाएँ हाथ में पकड़ी अपनी गदा से पहाड़ पर वार किया

और उसके टुकड़े-टुकड़े हो गया।

गदा के प्रहार से पहाड़ की यह स्थिति देखकर राक्षस घबरा गया और आपसे क्षमा मँगाने लगा।

आपने उसे माफ़ कर दिया और राज्य से दूर भागने के लिए कहा।

गाँव वाले खुश हो गए।

आपके सर पर चोट पहाड़ के उस कोने से लगी।

राजा ने सैनिकों की ओर देखते हुए कहा-

बिल्कुल ठीक, ये लड़की तो ठीक बोल रही है ।

पर वो पैर वाली चोट? राजा ने कुछ सोचते हुए पूछा।

अरे महाराज, आप बहुत दयालु हैं। आपसे किसी का दर्द नहीं देखा जाता।

आपको सपना आया था कि आप जंगल में हैं। तभी एक **गुबरैला** बचने के लिए

भागते हुए आपके पास आया।

एक डायनासोर उसे खाना चाहता था। आपने डायनासोर को मना किया पर वह नहीं माना। आपने एक पेड़ उखाड़ के डायनासोर को दे मारा। लेकिन डायनो ने

अपनी पूँछ से पेड़ को मारकर वापिस आपकी ओर उछाल दिया। आप उसे कैच करना चाहते थे, पर बाउंड्री पर **गुबरैला** बैठा था। आपका पैर उस पर न पड़ जाए इसलिए आप खड़े हो गए। इस तरह पेड़ आपके पैर से टकरा गया। पर आप को दर्द नहीं हुआ। आपने पेड़ उठाया और वापिस **डायनासोर** की ओर उछाल दिया। **डायनासोर** को लगा कि वो वॉलीबॉल खेल रहा है। वो पेड़ को लपकने के लिए झुका पर उसके हाथ से कैच छूट गया। इसपर उसे लगा कि वह आउट हो गया। इसलिए वह मैदान छोड़ के भाग गया।

पैर में चोट भले लगी महाराज, पर आपने **गुबरैले** को बचा लिया।

राजा ने सैनिकों की ओर देखते हुए कहा- बिल्कुल ठीक, ये लड़की बिल्कुल ठीक बोल रही है।

इतने में मुर्गा बने हुए सैनिक ने कहा-

महाराज और वो पिछवाड़े वाली चोट....

नन्ही ने कहा- अरे महाराज, ये तो जब आप हाथी की पीठ से कूदकर घोड़े की पीठ पर बैठे तब पजामा फट गया।

राजा ने सोचते हुए कहा- कह तो तुम सही रही हो, पर मैं हाथी की पीठ से कूदा क्यों?

नन्ही ने कहा- महाराज, आप अकेले जंगल में जा रहे थे। अचानक दुश्मन देश के राजा ने अपने सारे सैनिकों के साथ आपको घेर लिया। दुश्मन देश के राजा एक हाथी पे आये था।
आप को गुस्सा आया, आप ने तुरंत अपने घोड़े से कूद लगाई और हाथी पर पहुँच गए। आपने दुश्मन देश के राजा को एक झापड़ मारा। वो मम्मी कह के रोने लगा। आपने तुरंत हाथी से वापिस अपने घोड़े पे छलांग लगाई पर बीच में एक

सैनिक ने आप पर तलवार फेंक के मारी। तलवार से बचने के चक्कर में आपका पजामा फट गया। आप वापिस अपने घोड़े पर आए और वहाँ से जान बचा के निकल आए पर आपका झापड़ बहुत झन्नाटे दार था। वो राजा अभी भी गाल पकड़ के रो रहा है !

राजा ने आदेश दिया- ये लड़की बहुत अक्लमंद है,
इसको चार किलो तरबूज़ और पाँच किलो आम दे दिए जाएँ।

नन्ही ने कहा- महाराज, पर मैंने तो अभी-अभी सपने में देखा
कि आपने मुझे महल दिया है, स्विमिंग पूल वाला !

राजा ने कहा- ओह हाँ, मैं तो भूल ही गया था। नन्ही को मेरा स्विमिंग पूल वाला महल दे दिया जाए।

उसके बाद नन्ही मजे से उस महल में रहने लगी।

अद्विका दुबे की यह किताब जब पहली बार छपी तो वह कक्षा 3 में पढ़ती थीं और उनकी उम्र 8 वर्ष थी। अद्विका को चित्रकारी और पढ़ना दोनों ख़ूब पसंद है। अद्विका अपनी माँ कुमुद और पिता अमित दुबे के साथ नोएडा में रहती हैं।

The kid books

अनबाउंड स्क्रिप्ट का उपक्रम

नन्ही और राजा धूमकेतु

अनबाउंड से प्रथम संस्करण - जनवरी, 2026

ISBN : 978-93-48497-65-9

प्रकाशक : अनबाउंड स्क्रिप्ट
वेबसाइट : www.unboundscript.com
ई-मेल : books@unboundscript.com
फ़ोन : 01135807601

NANHI AUR RAJA DHUMKETU
Written *by* Advika Dubey
Printed in India

मूल्य : ₹ 199/-